Para Anna
M.

Título original: J'aime…
Publicado con el acuerdo de Albin Michel Jeunesse. Paris
© Minne
© Natali Fortier
© De esta edición: Editorial Kókinos, 2004
Web: www.editorialkokinos.com
Traducido por Esther Rubio
ISBN: 84-88342-74-8
Impreso en Francia- Printed in France by Pollina - n° L93893C

Minne / Natali Fortier

Me encanta...

KÓKINOS

Me encanta el colegio,
cuando llega la hora
de las mamás.

Ponerme la falda de volantes
y dar vueltas para ver su vuelo.

Mirar a papá mientras se afeita,
y querer meterle los dedos
en la cara cubierta de espuma.

Poner los pies encima de los zapatos
enormes de papá
y caminar juntos por el salón.

Cuando he apagado las velas
de mi pastel de cumpleaños,
me encanta volver a encenderlas
para soplarlas una vez más.

Cuando voy por la calle con mamá
y una persona mayor que ella no conoce
me saluda y mamá me pregunta asombrada:
«¿Quién es esa señora? ¿De qué la conoces?»,
o: «¿Trabaja en tu cole ese señor?»

Pegar la cara contra
el cristal helado y dibujar un corazón
con la nariz, en el vaho.

Los primeros días de primavera,
cuando mamá dice:
«Qué buen tiempo hace,
¿y si comemos fuera?»,
ponemos el mantel
en la mesa del jardín
y hay rábanos y fresas.

El sonido de la lluvia,
al caer sobre mi paraguas rojo.

Cuando mi hermano dice:
«¿Jugamos a las peleas?»,
y yo le digo: «De acuerdo,
pero no vale pellizcar,
ni morder, ni tirar del pelo».
Me encanta justo cuando
lo hemos decidido
pero aún no hemos comenzado.

Cuando mi madre
me mide y dice:
«¡Es increíble!, a ver,
¿seguro que no te has
puesto de puntillas?
¡Entonces has crecido
mucho!».

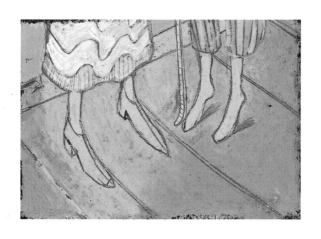

CUANDO mi hermana y yo
nos lavamos los dientes a la vez
y jugamos a hablar
con la boca llena de espuma.

Cuando estoy en casa
de los abuelos y escribo una carta
a mis padres,
y les digo, por ejemplo:
«Hoy ha sido genial, me he acostado
muy tarde, porque he visto una
película de terror en la tele, que no era
para niños y la abuela se ha olvidado
de decirme que me lave los dientes.»

Me encanta espolvorear la tostada
con chocolate en polvo cuando
me siento al lado de Sara en el cole,
y soplarle el chocolate en la cabeza,
como si lo hiciera sin darme cuenta.

Cuando hacemos tortitas, y papá me amenaza con lanzarme una sobre la cabeza.

Cuando el otro día le pregunté
a una amiga de mamá, que es muy divertida,
«¿Estás casada?», y ella me respondió:
«Sí, claro ¿tú no?». Y yo exploté de la risa y
le dije: «Yo no puedo estar casada, soy
demasiado pequeña». Y ella dijo:
«Ah, vaya, ¿no existen los maridos
pequeños?»
Fue genial.

Cuando quiero llevarme a Nono,
nuestro perro, al colegio y mamá me dice:
«Sabes muy bien que él va
al colegio de perros», y yo digo:
«Ah, bueno, y qué se aprende
en el cole de perros».
Y ella me responde muy seria:
« ¡A ladrar correctamente, por
supuesto!, no hagas como
que no lo sabías».

Cuando construimos una cabaña en el jardín,
con ramas y trapos viejos, y cuando está
terminada, jugar a que vienen los lobos
y quieren entrar.

Me encanta que la abuela me enseñe
las fotos de mamá cuando
era pequeña y diga:
«Cómo se parecía a ti,
era casi tan bonita
como tú».

El olor de mi peluche,
que huele a manzana, a regaliz, a jabón,
a rosa, al perfume de mamá,
a sopa de arroz, a pan tostado
y a perro mojado.
Pero, sobre todo, huele a las sábanas
de mi cama, tan suaves por la noche.

Cuando vamos a casa de la tía Zaza y que diga: «Hoy, niños, es la fiesta de las palabrotas, hay que acabar todas las frases con una palabrota, por ejemplo: « Tía Zaza, caca, ¿me puedes dar chocolate, mecachis?»

Al atravesar un paso de cebra,
me encanta pisar solamente
las líneas blancas.

Cuando salimos de vacaciones,
papá pone el equipaje en el maletero
y nos acostamos detrás en pijama
porque vamos a viajar de noche.
Cuando ya hemos dicho adiós al vecino,
hemos cerrado la casa y hemos
recorrido por lo menos diez kilómetros
y entonces papá dice: «Hemos hecho bien
 en salir a esta hora, así no pasaremos calor.
¿No nos hemos olvidado de nada?»
Seguimos avanzando y de pronto
mamá grita: «¡Dios mío, he olvidado
las llaves de la casa de vacaciones!»
Y papá acelera, como si no pasara nada.
«¡Párate!», grita mamá.
Entonces papá saca triunfante
las llaves de su bolsillo: «Menos mal que
hay alguien que piensa en esta familia»,
y mamá dice: «¿Qué sería de mi sin ti,
amor mío?»

Cuando tengo una herida en la rodilla
y la costra ya está seca,
me encanta arrancármela poco a poco.

Me ENCANTA la camiseta
tan suave de mamá
que huele a mamá.

Cuando le pido a mamá
que me lea el mismo cuento
cada día, durante una semana
y escondo el libro y le digo:
«¿A que no eres capaz de
contármelo?». Y ella nunca
se acuerda de cómo empieza,
entonces yo le ayudo, porque
me lo sé de memoria,
de principio a fin.

Me ENCANTA el olor a pan tostado por la mañana, cuando entro en la cocina.

Me encanta plantar semillas
en algodón mojado.

Pasearme
por toda la casa
con los zapatos
de tacón de mamá.

Deshojar una margarita y decir:
«Me quiere, un poco, mucho,
apasionadamente, nada».
Cuando toca *nada* pienso en mi vecino,
cuando toca *mucho* pienso en mi primo
y cuando toca *apasionadamente* pienso
en un chico que aún no conozco.

Cuando vamos en el coche, leer en voz alta
las palabras de todos los carteles que veo.
Me encantan las palabras, sobre todo
la palabra *cacao*. Podría escribirla
un montón de veces.

Me **ENCANTA** escribir mi nombre
en la primera página
de un cuaderno nuevo.

Cuando a veces digo:
«¡Mañana hay colegio!» Y tu dices:
«Quizá no podamos ir al colegio,
porque quizá nieve.
Y quizá nieve tanto que
no podamos abrir la puerta de casa
y quizá haya que hacer un túnel
de un kilómetro y eso lleva tiempo,
hacer un túnel de un kilómetro,
sobre todo cuando no se tiene pala
y hay que hacerlo con las manos
y se nos quedan heladas porque
no tenemos guantes».
Me encanta cuando dices
todo eso, aunque ya
se esté acercando el verano.

Cuando buscamos caracolas en la playa
     y tú me dices:
     «Yo seré el jefe de las caracolas
     y tú la reina de los sombreros chinos».

En verano en la
playa,
contar los pelos del
pecho
de papá mientras él
lee tumbado en su
toalla. Nunca consigo
contarlos todos,
de tantos
que tiene.

Estar de pie en la orilla,
y que las olas se lleven
la arena bajo mis pies
y se haga un pequeño remolino.

En la parte de atrás
de la casa de la abuela,
hay una cuesta de hierba.
Me encanta lanzarme
por ella y rodar. El otro día
rodamos juntos, abrazados,
mi hermano y yo y fue aún mejor.

ME ENCANTAN las muñecas Barbie.
Tengo catorce. A veces les digo:
«Niñas, hoy vamos al cine»,
y las instalo en el cuarto
de los invitados, que tiene
las persianas bajadas,
en dos filas de siete,
mirando a la pared blanca,
y allí les cuento la película.

Pintarme
con la barra
de labios de mamá.

Me encanta mirar
el grano enorme,
con pelos que tiene
el director de colegio
en la frente.

Cuando le digo a mi abuela:
«Cuéntame otra vez la historia»,
y ella pone cara de no saber nada
y dice: «¿Qué historia?».
«Lo sabes muy bien, la historia
de mamá». «¿La historia de tu mamá?»,
«Sí, de cuando era pequeña y se
perdió en el mercado y tú corriste
por todas partes asustada hasta
que la encontraste en un puesto
de frutas, pesando la fruta a los
clientes».

Cuando el doctor me da golpecitos
en la rodilla, con su martillo diminuto
y la pierna se me mueve sola.

Sacar la mano por la ventana
Cuando vamos en el coche,
a toda velocidad
y sentir la fuerza del viento.

Cuando escribo «MAMÁ»
y voy cambiando el color del rotulador
en cada letra.

Me encanta pasarme el pelo
por detrás de las orejas
para que se vean los pendientes que
tía Zaza me ha regalado.

Cuando nieva
y hacemos un muñeco de nieve
y le ponemos ramitas en la cabeza,
una pipa y unas gafas.
Y cuando tú dices:
«¿Y si le hacemos
una muñeca de nieve
para que no esté solo?»

Cuando mamá me hace
trenzas y tú dices
que parezco una india.

CUANDO abro mi estuche de lápices
y encuentro la foto escondida
de mi perro. Y la miro de vez en
cuando durante la clase.

Cuando mamá
escribe un montón
de cartas y me pide
que pegue los sellos.

Cuando María y yo pasamos corriendo por delante de la frutería cantando «La frutera es la pera».

Mirar mi colección de sellos
de pájaros. Y el otro día, Cuando
mamá recibió una carta con un pelícano
y lo despegamos del sobre, con vapor,
y lo colocamos en mi álbum.

En la mesa, cuando me aburro,
me encanta hacer bolitas
de migas de pan.

Cuando viene a casa el amigo
de mi hermano y besa a todo
el mundo, menos a mí y mamá le dice:
«¿No le das un beso a Clara, Iván?»
y él se pone rojo.

Me ENCANTA subirme a una silla,
después de cenar
y decir: «Silencio todo el mundo,
voy a recitar una poesía».

La otra noche, cuando tuve
una pesadilla horrible
y fui a la habitación de papá y mamá
para dormir con ellos y me dijeron:
«Vuelve a tu cama, somos nosotros los
que vamos a dormir contigo».
Y se acostaron cada uno a un lado
de mi cama y papá acabó en el suelo y
luego mamá y nos reímos mucho
porque querían volver a acostarse
en mi cama y yo ya no quería.

Me encanta hacer girar
una flor amarilla delante
de la cara de mi amiga y decirle:
«Es amarilla, como la mantequilla
y tú te pareces a mi hermanilla».

Pintarme las uñas de los pies de amarillo y azul, como mi canguro, y sentarme con las piernas cruzadas y balancear el pie derecho.

Me ENCANTA conversar, como el otro día
en el parque, sentadas en un banco,
hablando de la vida de los dinosaurios.
Si te hubieras visto la cara que ponías
cuando te contaba que habían desaparecido
del planeta asfixiados por sus pedos,
¡sus propios pedos!, y tú no te lo creías
y yo te aseguré que era verdad
y que te enseñaría dónde lo había leído.
«¿Entonces los dinosaurios se tiraban
muchos pedos?», dijiste, y nos dio un ataque
de risa y cerca de allí había unos niños
que nos miraban como si fuésemos mayores.

Cuando voy en el metro, me encanta contar el número de personas que van en mi vagón.

Me encanta acariciarme detrás de la oreja.

Los domingos por la tarde,
cuando mamá dice:
«No sé qué hacer para cenar»,
y papá propone: «¿Y si hacemos
tortitas?», y nosotros repetimos:
«¡Y si hacemos tortitas!»

Ponerme
todas mis horquillas
en el pelo,
como para
una exposición:
la de la mariposa
la de la mariquita,
la de rubíes, la azul,
la amarilla
y la verde.

Me encanta disfrazarme.

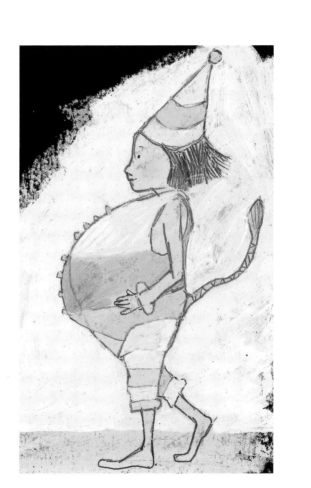

Me encanta chupar una piruleta
a la vez que tengo un chicle
en la boca,
y conseguir que no se peguen.

Cuando he estado enferma
pero ya estoy curada y mamá dice:
«Aún te vas a quedar en casa
un día más, es lo más prudente».
Eso sí que me encanta.

Bueno...y hacer pompas enormes con el chicle.